I0548555

27
11
9137

27

L n. 9137.

NOTICE
EN FORME D'ÉLOGE;
SUR LE GÉNÉRAL DE BRIGADE
ACHILLE GRIGNY,

Commandant de la Légion d'honneur, commandant avant la guerre dans le départ. des Landes, membre de la Société d'agriculture du même dép., orateur de la L∴ à l'O∴ de Mont-de-Marsan, mort glorieusement pour son Prince et sa Patrie, sous les murs de Gaëte;

Lue en présence des Autorités civiles et militaires, à la suite du service funèbre célébré le 10 Mars, pour ce brave général,

Par M. *V.* DUPLANTIER, *préfet du département des Landes, membre de la Légion d'honneur.*

A MONT-DE-MARSAN,

CHEZ R. DELAROY, IMPRIMEUR DE M. LE PRÉFET.—1806.

NOTICE

EN FORME D'ÉLOGE,

SUR LE GÉNÉRAL DE BRIGADE

ACHILLE GRIGNY,

Mort glorieusement pour son Prince et sa Patrie, sous les murs de Gaëte.

In fine hominis denudatio operum ejus.
(Ecclesiaste, chap. XI.)

MESSIEURS,

De l'homme qui n'est plus, on ne voit que les œuvres; aussi c'est toujours à cette époque où le présent cesse pour un de nos semblables, que se fait, avec impartialité, le dépouillement et l'apréciation de ses actions : *denudatio operum ejus ;* ... alors se forme un tribunal dont les jugemens en dernier ressort sont d'autant plus justes, que les pièces sur lesquelles ils se prononcent, sont à la connaissance de tous, et ne peuvent plus être modifiées ou altérées par des considérations, des égards, qui tombent sans valeur avec la dernière goutte d'eau du clepsydre de la vie. Heureux alors celui dont la tombe, comme celle de notre vertueux et brave général Grigny, heureux celui dont la tombe est arrosée par les larmes de l'amitié, et dont les mânes sont consolés par l'affliction générale ; dès-lors aussi, et par suite de cette douleur publique, la mémoire d'un homme est jugée et bénie; et ceux qui le connurent et lui survivent, n'ont plus qu'un devoir à remplir : celui de se retracer des qualités et des vertus, dont l'imitation ne peut qu'être utile dans le cours de la vie, et contribuer efficacement à la gloire de la patrie... Je vais essayer, Messieurs, de remplir cette tâche; elle sera d'autant plus pénible pour moi, que je vécus plus intimement avec le général Grigny; qu'il me témoigna plus d'amitié et de confiance, et que je préférerais sans doute lui continuer des larmes secrètes, à l'honorable mission d'exciter votre sensibilité, de nourrir vos regrets par le tableau de ce qu'il fût comme homme privé, de ce qu'il fût comme militaire.

Trois années de séjour qu'il fit dans ce département, m'auront fourni des matériaux suffisans pour la première division de cette notice ; les annales des précédens gouvernemens et celles de l'Empire, m'offriront ceux nécessaires à la seconde partie.

Puissent ainsi tous les hommes honorés de fonctions publiques, avoir une portion de leurs archives dans le cœur de leurs concitoyens, et les monumens intéressans de leur vie et de leur mort dans l'histoire glorieuse de leur souverain !

ACHILLE GRIGNY nâquit à Paris en 1767. Il dut le jour à une famille honnête, à des parens estimables, puisque son éducation fut très-soignée. Le collége bien connu de Sainte-Barbe, fut celui où il fit ses premières et principales études. Elles furent fructueuses ; car ayant à peine atteint sa dix-huitième année , il fut chargé de diriger le dépouillement d'archives immenses , contenant des pièces intéressantes pour l'Histoire de France , et dont la collection est connue sous le titre de *Mémoires de la maison de Loménie*. Il quitta après plusieurs mois ce travail , instructif sans doute , mais un peu sec pour un jeune homme , et se réunit à cette jeunesse intéressante qui , destinée à se faire entendre dans les temples de Thémis a plus d'une fois prouvé qu'elle pouvait , plus utilement encore, servir la patrie dans les combats et être présentée avec orgueil à ses ennemis.

L'époque de la révolution en fut une mémorable dans les destinées d'Achille Grigny. Bien jeune encore , il se choisit une compagne , quitta l'étude des lois , entra au service comme sous-lieutenant adjoint à l'état-major de l'armée de la Moselle , et devenu époux et militaire , se vit en moins d'un an , père de famille et adjudant-général chef d'état-major.

Père de famille. . . . Suivons Achille Grigny , en comparant sa conduite avec ce qu'exige l'état le plus respectable de la société, avec les obligations qu'il impose. Il fut dès-lors ce que , pendant trois années , vous l'avez vu être dans cette ville : bon mari , cherchant à rendre agréable l'intérieur de sa maison , et ajoutant , par son affabilité , à l'urbanité de celle qui était chargée d'en faire les honneurs. Toutes les fois qu'il le put ,

sans blesser les ordres militaires et les convenan-
ces, sa femme fut la compagne de ses voyages,
et de près comme de loin, la dépositaire de ses
affections, l'administratrice d'une bien petite fortune, dont il ne désira jamais l'augmentation,
que pour pouvoir doter sa fille unique.

Le sort de cet enfant fixait toutes ses sollici-
tudes : et combien de fois, dans ces momens
d'épanchement qui divinisent l'amitié, ne m'a-t-il
pas dit, en me serrant les mains : cette pauvre
petite, elle sera charmante et bonne; mais hélas!
que puis-je lui donner!.... cela me désespère!

Quand l'on connaissait comme moi, Messieurs,
la médiocrité de la fortune du général Grigny,
on ne savait lequel admirer le plus, ou de cette
médiocrité, après tous les commandemens qu'il
avait eu, ou de ce sentiment généreux qui lui
faisait employer une partie considérable de ses
moyens annuels, à l'entretien d'une petite nièce
et de la famille entière de sa femme. Enfin,
m'écrivait-il de Pesaro, il n'y a pas six semaines,
« j'espère acquérir un peu de gloire, et par mon
» avancement, avoir un jour la possibilité de ma-
» rier ma fille...., » Pleurez, fille et mère infor-
tunées, vous avez fait une perte bien grande! et
si nos larmes peuvent adoucir les vôtres, peut-
être n'apprendrez-vous pas sans attendrissement,
que, partageant bien vivement vos douleurs, nous
pleurons avec vous celui que nous chérissions aussi.

Notre bon général! Vous vous rappelez, Messieurs, lorsqu'en pluviôse an 11 il arriva dans
notre ville?... Nul, dit-on, n'est prophète dans

son pays, ce qui ne veut pas dire qu'on le devienne bien vîte dans un autre que le sien : aussi, à son arrivée, le général Grigny ne reçut guère que l'accueil qu'on doit à un étranger; des bruits, calomnieusement semés, éloignèrent pendant quelque temps de lui, ceux que devaient en rapprocher ses qualités aimables. Ce mouvement rétrograde augmenta l'extrême retenue et la timidité que vous avez toujours reconnu dans son caractère; et ce ne fut qu'après quelques mois, que nous devons toujours regretter, qu'on s'apperçut au ton, aux manières du mari, de la femme, de l'aide-de-camp, que tout ce ménage était bien digne de figurer avec les nôtres, et de jouir parmi nous de tous les agrémens de la société. Une confiance entière succéda à la sécheresse du premier cérémonial; celle du général se développa également, et bientôt on s'applaudit de s'être respectivement mieux connu.

Dès-lors, Messieurs, chaque jour vous fit connaître plus avantageusement le général Grigny. Sincèrement attaché à l'honneur et à la prospérité de son pays, vous le vîtes toujours partager notre enthousiasme dans les heureuses circonstances où nous pumes émettre nos vœux pour que le suprême pouvoir se portât sur la tête du héros qui fait notre gloire et notre bonheur. Militaire instruit, vous l'entendîtes peu parler de lui, et toujours avec éloge des généraux sous lesquels il eut l'honneur de servir. Tous lui ont accordé estime et amitié; et ces deux sentimens, dont l'un peut et doit toujours se commander, même à ses ennemis, dont le second est presque un phénomène dans la société , Achille Grigny les fit naître parmi vous, et à la considération publique , sut réunir le rare et précieux avantage d'avoir des amis.... Comment ne l'eût-on pas estimé ? Ses devoirs furent toujours remplis avec intelligence , exactitude et désintéressement ; sa conduite fut toujours franche et délicate..... Comment n'aurait-il pas eu des amis ? Il était vraiment aimable ; aux qualités de l'esprit , réunissait celles du cœur ; et la confiance , l'abandon qu'il témoignait dans ses relations intimes , déterminait envers lui le juste retour d'une confiance pareille , d'un abandon semblable. Vous qui , comme moi , l'avez connu d'une manière bien particulière , dites-nous si jamais on fut homme meilleur , plus sensible , plus obligeant ?

Vous vous en rappelez , Messieurs : le talent agréable qu'il avait pour la poésie , ne produisit , pour la société , que des chansons ou des pièces légères , mais jamais d'épigrammes ; et sans autre prétention que celle d'égayer les cercles où il paraissait , il y était toujours accompagné de cet extérieur modeste et bon , qui , dans tous les pays , dans les grandes comme dans les petites villes , réussit préférablement à tout autre ; aussi le général Grigny était-il vu par-tout avec plaisir , et avait fini par se regarder comme naturalisé dans ce département , par suite des amitiés qu'il y recevait. Vous savez avec quel empressement il accueillit toutes les associations qui le liaient plus intimement à ce pays.

(9)

Ami de l'agriculture, la société qui, dans nos Landes, s'occupe de ce premier des arts, regrettera un de ses membres, à qui les circonstances n'ont pas permis le développement de ses connaissances, mais dont les délassemens étaient dans les travaux des champs et du jardinage.... Vous le voyiez encore, Messieurs, une bêche à la main, sur ce terrain qui sépare la Douze de la Midouze, tracer des sentiers, planter des arbres, étayer des arbustes, et m'aider de toutes ses forces pour partager avec moi la douce satisfaction de vous laisser un monument agreste de notre passage parmi vous. Je vous indiquerai, Messieurs, les arbres qu'il plaça de ses mains, ceux que je cultivai avec lui... et j'explique les vœux de mon ami et les miens, en vous assurant que nous étions heureux de l'idée, qu'un jour peut-être, nos deux noms prononcés sur ce sol par vos enfans, rappeleraient l'intérêt que vous nous aviez porté, et tout celui que nous avions pour vous.

Notre bon général, Messieurs, malgré le bruit des camps, n'avait pas oublié qu'il avait été honoré du titre de correspondant de la société d'agriculture; le 1.er frimaire, il m'entretenait, dans une lettre datée de Pesaro, de l'acquisition entre nous projettée de deux étalons napolitains, pour l'amélioration de la précieuse race des chevaux des Landes : « Je dois vous dire, ajoutait-il, » que j'ai recueilli des graines de cantaluppi, de » pastèques de Naples, et d'autres fruits dont je » compte vous faire un petit envoi. Le climat

» des Landes me paraît analogue à celui où j'ai
» recueilli ces graines. ... Il est bien malheureux
» que l'éloignement soit trop considérable pour
» penser à vous envoyer des arbustes enracinés. »

La société d'agriculture ne sera pas la seule,
Messieurs, à ressentir la perte de cet estimable
militaire ; il en est une dont le nom seul est
connu , dont les travaux sont un mystère , mais
dont les actions sont souvent des bienfaits , et qui
se félicitait d'avoir dans son sein le général Grigny.
Si comme on le dit , cette institution tend , par
des discours salutaires , à rendre les hommes
meilleurs , à les disposer à la générosité envers
tous les malheureux , à resserrer les liens qui
existent entre le souverain et ses sujets , sans être
affilié à cette société intéressante , je sens combien
elle a perdu par la mort d'un homme qui pouvait
traiter de pareilles matières en orateur habile , et
donner bien de la force à des principes qu'il ré-
duisait en une journalière pratique.

Faudrait-il ajouter , Messieurs , des détails plus
particuliers aux traits principaux que je viens d'es-
quisser ; mais alors il faudrait porter un glaive
acéré dans le cœur des personnes qui vécurent
dans l'intimité du général , et poursuivre l'amitié
dans des retranchemens qu'on ne doit jamais at-
taquer. ... Rassurez-vous donc , vous qui connutes
les rares qualités de celui que vous ne reverrez
plus ; vous qui connutes à fond ce cœur sincère,
cette ame franche et loyale , cette discrétion à
toute épreuve ; rassurez-vous , je ne vous appelerai
pas en témoignage du bonheur que vous avez

éprouvé dans des liaisons dont la cessation fait votre désespoir. Jouissez pleinement de toute l'étendue de votre chagrin! Il est aussi des mystères dans la correspondance des âmes; et quand il plaît à la Providence de l'interrompre, un silence éternel est dans l'ordre de ses décrets.

Il en est autrement, Messieurs, de tout ce qui tient à la conduite d'un homme public. Elle appartient toute entière et sans restriction, à la génération présente et à celles à venir; reprenons donc la vie militaire du général Grigny.

Né avec une complexion faible et délicate, mais avec une ame chaude, et de l'imagination, son esprit fut le soutien de son corps, et lui valut, comme je l'ai déjà dit, l'estime, puis l'attachement et la considération de ses chefs. Nommé, comme vous l'avez vu, adjudant-général en l'an 2, puis chef de l'état-major de l'armée de la Moselle, sous le général Hoche, il fut quelques semaines après, le 2 frimaire, et sur le champ de bataille, élevé au grade de général de brigade. Sa promotion fut faite par ce qu'on appellait alors des *Représentans du peuple*, et qui par hasard, dans cette circonstance, osèrent être justes en récompensant le mérite et le courage. Leur arrêté porte dans le considérant cette glorieuse explication : « Voulant récompenser l'habileté des manœuvres » du général Grigny, qui, par une bravoure soutenue, a singulièrement contribué aux succès » des combats glorieux, donnés dans les gorges » des Vosges, et à la bataille générale donnée » dans les plaines de Vissembourg, lui avons

» conféré le grade de général de brigade, etc. »
Ce titre, bien mérité sans doute, acquit une valeur
réelle aux yeux de celui qui l'avait obtenu, et à
ceux de l'armée, par la confirmation qu'en fit le
Premier Consul, qui le changea contre un brevet
en forme.

Toujours partageant et dirigeant les succès de
cette armée, après avoir pris part au siège de
Mayence et au blocus de Luxembourg, le général
Grigny fut envoyé dans la Vendée, pour com-
battre des français, victimes des intrigues des
ennemis intérieurs et extérieurs de la France. C'est
dans cette guerre désastreuse, où il fallait plutôt
les armes de la persuasion, que du canon; plutôt
de la bonté, que des opérations militaires; que le
général, après avoir montré en Allemagne valeur
et courage, déploya si heureusement cet esprit de
fermeté et de conciliation qui, sous les ordres du
général Hoche, lui procura dans les années 5 et 6,
la véritable gloire d'avoir épargné un sang dont on
avait été si peu avare; aussi se félicitait-il d'avoir
contribué à rendre à la mère-patrie, des enfans
qui n'en déchirèrent le sein que par une vengeance
bien pardonnable, contre les scélérats qui les firent
mitrailler impitoyablement, après avoir excité leur
révolte et leur avoir donné des armes. « Mes campagnes de la Vendée », m'a souvent répété le général, avec cet air de sensibilité qui faisait sa phy-
sionomie habituelle et peignait sa belle ame, « mes
» campagnes de la Vendée n'ont été, ni utiles à
» mon avancement, ni brillantes pour ma gloire;
» mais au moins j'ai épargné le sang de bien des

» Français; j'ai sauvé bien des malheureux! »

Une paire de pistolets fut la seule et modeste récompense que lui déférèrent les cinq personnages qui, dans ces tems désastreux, gouvernaient la malheureuse France, et dont le pesant pouvoir, adroitement enchaîné, puis insensiblement miné, disparut enfin aux cris de joie de la nation entière, dans la journée éternellement mémorable du 18 brumaire. Alors, le repos rendu à notre infortunée patrie, ouvrit aux militaires une carrière plus honorable et plus sûre que celle qu'ils venaient de parcourir. Ceux d'entr'eux qui n'avaient point souillé leurs armes par d'inutiles cruautés; qui n'avaient pas pour tous talens et vertus, les formes et le langage révolutionnaires, furent bientôt appellés à seconder le restaurateur de l'ordre public; et le général Grigny, continué en activité de service, vit s'achever une pacification à laquelle il avait eu tant de part.

En l'an 11, des départemens de l'Ouest, appellé au commandement de celui des Landes, il dût voir dans cette nouvelle mission une preuve flatteuse de la confiance du premier Consul. Aussi s'empressa-t-il de la justifier en se réunissant à moi pour l'exécution des mesures relatives à la conscription, et apporta-t-il, dans cette essentielle opération, zèle, fermeté, délicatesse, seuls moyens d'arriver en cette partie, à remplir les sages intentions de S. M, sans exciter aucuns murmures, sans froisser aucun intérêt personnel. Je l'entends encore dans les différentes réunions de conscrits, où il se plaisait à me seconder, porter la parole à nos jeunes gens, les appeller irrésistiblement sous les drapeaux, en leur prouvant : que le plus bel état que puisse avoir un français, est d'être le compagnon d'armes de son prince, le défenseur de sa patrie.

Celui qui avait fait de brillantes campagnes, obtenu de grands succès en Allemagne; qui avait été élevé sur le champ de bataille au grade de général ; qui avait dirigé avec humanité et sagesse une partie des armées dans la Vendée, celui-là sans doute, avait utilement servi son pays, et devait désirer, autant qu'il la méritait, cette belle distinction qui met sous les glorieuses enseignes de l'honneur, ceux qui se distinguent dans tous les postes où l'on peut sacrifier à cette divinité chérie des français : aussi, Messieurs, Achille Grigny reçut-il du premier Consul, d'abord la croix de légionnaire, puis celle de commandant.

Et qui de nous ne se rappelle et le plaisir que nous éprouvâmes à lui entendre prêter son serment, et l'émotion du général, lorsqu'après avoir reçu sa décoration, s'adressant au nombreux auditoire, qui partageait sa joie et sa sensibilité, il nous dit : « que, pour dignement remplir son » serment, il ne cesserait d'employer les moyens » qui l'avaient amené à l'honneur de le prêter. »

Pendant les années 12 et 13, le général Grigny, à notre grande satisfaction, conserva le commandement de ce département, mais en désirant toujours de pouvoir être employé d'une manière plus active, et qui lui permît, par de nouveaux services, de rappeller ceux qu'il avait précédemment rendus. Souvent il me témoigna la crainte de ne pas être appelé en Allemagne ou en Italie, pour y partager la gloire qu'y attendaient les armées françaises, sous le commandement du plus grand prince et du plus grand capitaine dont puisse parler l'histoire.

Des idées fausses, mais pardonnables à une ame délicate toute vouée à son souverain, faisaient qu'il se regardait comme en disgrace, malgré la confiance que devait lui donner le poste qu'il remplissait si dignement. « J'ai demandé à S. M. I. » de vouloir bien disposer de moi », me disait-il au commencement de vendémiaire dernier, « je » suis bien chagrin d'être encore sans réponse !... » Enfin l'ordre est arrivé; son cœur est rassuré, son imagination tranquille... Il s'arrache... nous l'arrachons aux vives et tendres sollicitations d'une épouse qui veut encore suivre son mari dans les combats, ou du moins se rapprocher du théâtre de sa gloire; et la froide raison, le sévère devoir l'emportant sur tous autres sentimens, consolateurs d'une femme éplorée, nous la félicitons d'une séparation que commande l'honneur, et qu'adouciront des lauriers dont le reflet heureux parera glorieusement sa tête et celle de sa fille... Nos pronostics étaient-ils donc si mal-fondés? N'étaient-ils pas certains d'après les connaissances que nous avions de notre brave et bon général?

Aussi, Messieurs, à peine arrivé à Pescara, il quitte le royaume de Naples, et le 2 frimaire, l'armée aux ordres de M. le lieutenant - général Gouvion - Saint - Cyr se trouve dans le Tyrol en

présence de l'ennemi. « Une colonne autrichienne
» était entrée à Bassano, se dirigeant sur Castel-
» franco : après une journée et une nuit de marche
» forcée, l'ennemi est joint par la division Regnier,
» dont la brigade Grigny faisait partie, et, au soleil
» levant, s'engage une sérieuse et violente affaire.
» Trois fois l'ennemi est repoussé, trois fois il re-
» vient à la charge avec une fureur et une intrépi-
» dité réellement étonnantes. » C'est notre ami qui
parle, Messieurs ;.. il continue.. «Nous supposions
» que si c'était une reconnaissance, elle n'aurait pas
» dû se battre avec cette opiniâtreté ; que si c'était
» une avant-garde chargée de nous tâter, elle nous
» avait assez reconnu. Nous repoussâmes enfin l'en-
» nemi sur tout son front, et finissant la canonnade
» et la violente mousqueterie que nous faisions de-
» puis trois heures, une charge générale mit l'en-
» nemi dans une pleine et complette déroute. On
» lui prit six pièces de canons, tous ses bagages et
» 3000 prisonniers ; et la division de réserve, com-
» mandée en personne par le général Saint-Cyr,
» arrivant pour couronner l'œuvre, serra le reste
» de cette division ennemie dans Castelfranco ; et
» y arrivant plus vite que le général Régnier, dont
» la route était couverte de morts, de mourans, de
» chevaux blessés, de caissons rompus, força toute
» cette division à capituler, sous la condition d'être
» prisonnière de guerre et de mettre bas les armes.

» La brigade que je commandais, composée d'in-
» fanterie suisse, du 6.me de chasseurs à cheval
» et de huit bouches à feu, a eu une part glo-
» rieuse à cette action. J'ai eu 160 morts et bles-

» sés. Pas une des innombrables balles qu'on nous
» a envoyé pendant trois heures, n'est venue à
» mon adresse, ni à celle de mes aides-de-camp,
» qui se sont vaillamment conduits. Il ne nous
» est resté que joie, gloire et quelques chevaux,
» desquels j'avais, ainsi qu'eux, très-grand besoin.
» Voilà, mon cher et digne ami, des nouvelles
» fort chaudes, que j'ai voulu vous donner toutes
» fraîches. »

L'affaire, Messieurs, dont vous venez d'entendre
le récit, est celle très-glorieuse qui eut lieu contre
la division autrichienne commandée par le feld-
maréchal prince de Rohan. C'est là, je crois, bien
se conduire dans une affaire, et la décrire à la
française, avec autant de talent que de gaieté.

Les grandes victoires de S. M. I. et la violation
du traité fait avec la cour de Naples donnent une
nouvelle destination à l'armée du lieutenant-général
St.-Cyr. L'Empereur parle : et cette partie de ses
troupes victorieuses, est chargée, sous le commandement de son auguste frère S. A. I. le prince Jo-
seph, de briser le *sceptre de plomb* d'une femme
aussi perfide qu'orgueilleuse. Bientôt nos troupes ont
atteint les limites de ce royaume, dont la dynastie
doit changer. Les places de San-Germano, Ca-
poue, Gaëte sont investies..... GAETE !.....

Les ordres d'un roi mourant, sont toujours des
ordres. Exécutant ceux qu'il a reçu de son souverain,
un sujet fidel, d'un roi qui a déjà abandonné son peuple, sommé de se rendre, répond, comme chacun
de nous le ferait en France, dût-il lui en coûter la
vie. Une première fortification est attaquée ; em-

portée sans doute ! mais........ il nous manque un brave ! son nom, Messieurs ?.... nos cœurs le soupirent..... Il est mort au champ d'honneur ; il est mort pour le plus grand des princes !.. Comme César voulait mourir ; de la manière la moins préméditée et la plus courte ; *mortes repentinæ , hoc est summa vitæ felicitas...* Nous ne devons pas le plaindre... des lauriers immortels couvrent son cercueil... mais tous nos regrets lui sont à jamais acquis.

En deuil avec la patrie, avec l'armée, pleurons un homme qui fut un officier distingué, un bon père de famille ; et par tous les moyens qui peuvent dépendre des hommes, perpétuons dans ce département, dans cette ville ; le souvenir du trop court séjour qu'y a fait un homme de bien, recommandable par sa vie privée, par ses talens militaires.

Et vous, femmes, glorieuses de votre malheur ! qui perdez à jamais l'objet de vos vives et tendres affections ; qui perdez un mari comme on en vit peu ; un père comme ils devraient tous être ; le seul être sur qui reposait votre existence et votre bonheur ! dans votre bien juste affliction, portez vos regards et vos mains vers celui dont vous devenez les filles adoptives. Déjà son auguste frère veille sur vos destinées ; et un premier acte d'une juste bienveillance doit vous assurer que les vainqueurs de Gaëte ont, dans notre INVINCIBLE EMPEREUR, le même chef, le même père que les vainqueurs d'Austerlitz.

www.ingramcontent.com/pod-product-compliance
Lightning Source LLC
Chambersburg PA
CBHW061516170626
46811CB00004B/1739